S'enfermer dans une
cabane et écrire

© 2021 Ph. Aubert de Molay/Hispaniola Littératures

Édition : BoD – Books on Demand,
12/14 rond-point des Champs-Élysées, 75008 Paris
Impression : BoD - Books on Demand, Norderstedt, Allemagne

Chargée d'édition HL : Rose Evans

Collection 1 nouvelle

Illustrations de couverture : Olivier Richet

ISBN : 978-2-3222-6864-1
Dépôt légal : Mai 2021

S'enfermer dans une cabane et écrire

nouvelle

Philippe Aubert de Molay

HISPANIOLA LITTERATURES

Collection 1 nouvelle

Pour Noël Vermot-Desroches.

Je n'avais rien à offrir à personne que ma propre confusion.
Jack Kerouac, *Sur la route*

S'enfermer dans une cabane et écrire

Lorsque vous demandez à la jeune serveuse : Kerouac ? Elle pense d'abord qu'on lui commande une nouvelle bière québécoise puis elle se dit que ce Kerouac est peut-être un client attablé ici ou là, alors en regardant autour d'elle, elle dit : Qui ? Le vieux barman lève vaguement les yeux au ciel et on ne peut savoir s'il veut dire : l'ignorance des jeunes est consternante ou bien encore des touristes venu en pèlerinage sur les pas de ce vieux soiffard de Jack Kerouac, écrivain des années soixante. Le White Horse est un bar new-yorkais. Probablement le plus ancien de la ville. 1880. Grand miroir, reflet de cents bouteilles alignées. Plancher, comptoir et meubles en bois sombre, usé. Un saloon. Le barman : Ici c'est comme un fort au milieu du désert. Sauf que là ce sont les indiens qui sont dedans et la cavalerie dehors.

Devant un troisième café, une femme fait l'inventaire de son cabas : chocolat blanc en poudre, boite de maïs Heinz, cookies noix de coco de marque *J'aime Bien*, on s'attendrait à voir la boîte de soupe d'Andy Warhol mais non. Des jeunes téléphonent sous la pancarte interdit de fumer.

Observant un match de base-ball à la télé, un vieux cubain déclare : il y a les choses qu'on sait qu'on ne sait pas. Et les choses qu'on ne sait pas que l'on ne sait pas. Plus loin, un homme dit à une femme : je suis déçu que tu ais pris cette décision sans me consulter. Elle répond d'un ton neutre : j'ai bien peur que tes émotions n'obscurcissent ton jugement. Il grimace. On voit bien que la discussion ne fait que commencer.

Jack Kerouac est mort le 21 octobre 1969 à St. Petersburg (Floride) mais ce bar reste l'un de ses lieux favoris. On ne peut pas dire qu'il y vienne fréquemment, retenu par ses obligations de fantôme à San Francisco ou à Mexico. En regardant bien, on devine une sorte de film dans le grand miroir, comme une projection permanente. Le consommateur attentif peut remarquer le vieux Jack passant l'été en Californie en haut d'une tour d'alerte incendie en rondins odorants. De là-haut, il y a moyen d'apercevoir le bleu sombre du Pacifique dans des lointains raturés.

Buvant du thé bancha au goût d'herbe fauchée (ça ressemble) et un alcool de gingembre, il lit des poèmes japonais et des traités bouddhistes de vie solitaire dans la nature. Il s'intéresse aux austères moines des bois, des ermites.

Les images du miroir s'estompent et le voilà un soir un peu frais de la mi-automne sur la plage avec son réchaud et sa boite de saucisses aux lentilles contaminée de grains de sables. Il compte partir vers Big Sur, cette calme petite ville de falaises caressées par l'océan, voulant juste s'enfermer dans une cabane et écrire.

La cabane pour laisser venir l'écriture.

On ne décide pas d'écrire mais on décide d'être attentif à l'idée d'écrire.

Étymologie. Le substantif féminin « cabane » est un emprunt au provençal *cabana* (« cabane, chaumière, logis »), lui-même issu du bas latin *capanna*. Selon le Trésor de la langue française, le terme est attesté en 1387 dans le sens de « petite habitation sommaire » et en 1462 dans celui d'« abri pour les animaux ».

Jack sourit : abri pour les écrivains. Et les fantômes.

Donc construction rudimentaire servant d'habitation, d'abri ou de resserre. Synon. baraque, cahute, hutte. Cabane de cantonnier, de chasseur, de pêcheur, pour les lapins, cabane à outil, à sucre, dans les arbres.

J

A

C

K

K

E

R

O

U

A

C

                    cabanier

                    cabanista

                    cabanaute

Donc écrire en regardant les arbres par la fenêtre.

Mais comme toujours, après trois ou quatre jours, Jack s'ennuiera et reviendra au triple galop à San Francisco voir les amis. Cependant durant le tête à tête avec lui-même, il aura écrit quelques pages sans façon. Une histoire d'amour avec des gens croyant trop aux sentiments ou n'y croyant plus ou voulant y croire sans y parvenir ou n'ayant pas d'idée arrêtée là-dessus. Jack sait que la vie n'a pas pour tâche de nous simplifier la vie. Et que bien trop souvent, qui tente n'a rien. C'est pourquoi la plupart des personnes croisées dans une journée ont cet air de perpétuels convalescents.

Au White Horse, dans l'enchevêtrement des objets, des jours et des idées, il s'agit de se laisser bercer, endormir pour ainsi dire, par la beauté têtue du monde. Car même la boue du trottoir hivernal fait moyen d'être dorée. Il faut essayer de rester ce genre de gars pouvant contempler les étoiles jusqu'à ce qu'il ait mal au cou. Il faut rester le plus longtemps possible persuadé que si l'on désire suffisamment quelque chose, cette chose se réalisera. Un succès, une guérison, une bonne nouvelle, un amour, il faut d'abord les penser puis ils se matérialiseront. Idem pour que des événements disparus se recréent dans le présent.

Il est nécessaire de beaucoup y croire. Elle s'appelle Joyce Glassman et, c'est un monde, elle trotte dans la tête de Jack, même mort.

La poignée de semaines passées avec elle de longues années plus tôt tourne en boucle dans le petit cinéma personnel de Jack. Les baignades au clair de lune dans la Merced river (Californie), les dimanches au lit et une fois elle avait déversé un gros sac de feuilles mortes sur les draps *pour qu'on dorme dans l'automne*, les petits matins frisquets à Bodega Bay pour voir les familles de baleines jouer dans une mer d'argent pur. Joyce Glassman, elle était imprévisible, gentille, pas compliquée, sans trop de projets. Une fois, c'était quelques jours avant Noël, il regardait à la télévision un documentaire animalier. Sur les cynocéphales, ces singes d'Afrique vivant en bandes. Des bêtes intelligentes, rusées et pesant dans les quarante kilos au moins, costaudes. En fait, je crois qu'il s'agit plus ou moins des babouins si j'ai bien compris avait dit Joyce Glassman en s'apprêtant à lui faire une fellation. Mais je ne suis pas certaine de cette appellation « babouins », ce terme est peut-être un mot familier non zoologique, il faudrait faire des recherches mais tu comprends Jack c'est un peu compliqué car nous sommes dans en fin des années cinquante début des soixante et internet n'existe pas encore.

Sur l'écran, accompagné d'une musique joyeuse, on nous parlait de la vie de ces étranges créatures. Recherche de nourriture et d'eau, installation dans des refuges où passer la nuit, bagarres entre mâles, chamailleries des femelles, jeux bruyants des petits. Joyce Glassman s'était alors servi un deuxième verre de vin blanc (après c'était froid lorsqu'elle suçait) en déclarant : Bien sûr, ils ne le diront jamais dans un documentaire tout-public mais ce qu'il faut savoir sur cette race de singes, c'est de quelle façon ils mettent à mort leurs ennemis. J'ai lu ça dans une vieille revue de chasse traînant chez mon ahuri de frère. Quand ils tuent, c'est impressionnant, en vérité je te le dis ! Troublé, Jack avait demandé des explications. Alors, comme hypnotisée par la télé, Joyce Glassman avait expliqué quelque chose de ce genre : La seule véritable menace pour eux, c'est sa majesté le léopard. Donc ils ne se défendent pas car ce serait voué à l'échec, ils l'attaquent ! Comme une bande de va-nu-pieds en colère, ils savent tendre une embuscade à leur seigneur ! Du grand art. On sort les fourches et direction le château. Ils l'exécutent leur léopard. Assez rarement en le lapidant (mais c'est une technique utilisée), plus fréquemment en se jetant sur lui à dix ou quinze et en arrachant littéralement la chair de sa carcasse. Ils dépècent le fauve vivant pour ainsi dire. Avec leurs ongles, pas en le mordant. Une boucherie.

Reprenant son souffle, Joyce : le prix à payer pour la bande est de deux ou trois combattants éventrés par les griffes puissantes de l'ennemi. La mise à mort dure dans les vingt minutes en moyenne. Efficacité. Il ne reste du léopard qu'un amas de chairs en sang. Un œil traîne d'un côté, la tête de l'autre. Puis les cynocéphales pleurent leurs morts quelques minutes, vérifiant avec soin (et incrédulité ?) auprès des victimes que la vie n'est plus là, définitivement éteinte, c'est comme un feu noyé par une trop grosse pluie.

Ensuite ils congratulent et rassurent les blessés puis les guerriers victorieux sont fêtés comme des héros par les vieux, les femelles, les petits, une sorte de fête est organisée dans le plus grand tapage...

Se faire dépecer vivant, c'est original, non ?

Joyce Glassman était bizarre pour les uns, géniale pour les autres. Elle a étudié la littérature et l'astronomie. Elle a exercé toute sorte de métiers. Secrétaire chez un dentiste des quartiers huppés de Lafayette (Louisiane), promeneuse de chiens (Floride), vendeuse chez un disquaire un peu trop entreprenant et elle l'avait giflé devant sa femme (toujours Floride), caissière d'un cinéma porno à Atlanta (Géorgie), professeure de portugais (Philadelphie), aide-restauratrice à l'Intrepid Sea-Air-Space Museum (New-York), guide touristique dans la chaînes des Cascades au nord des Etats-Unis et, là, elle avait vécu plusieurs mois le long du fleuve Columbia, chez les Chinook, une tribu autrefois puissante mais décimée. Ses quelques survivants sont des guides de pêches remarquables. Joyce Glassman racontait qu'elle aimait ces gens pauvres et proches de la nature. La religion chinook s'exprimait dans un culte symbolique au saumon et aux entités des rivières, par un rituel dans lequel chaque groupe familial faisait bon accueil à la course annuelle des poissons. Un autre rite religieux important était la recherche individuelle d'esprit, une épreuve entreprise par tous les hommes, jeunes et parfois adultes, et quelques adolescentes, pour conquérir des esprits-gardiens afin que ces derniers leur offrent de la puissance de chasse, de pêche, de voyage en rêve. Afin que le rêve soit une *répétition* de la prochaine réalité. Les esprits rencontrés enseignent des chansons et des danses pour honorer l'eau pure, pour le soin, la guérison miraculeuse et le remerciement. Joyce Glassman savait de source sûre que, dans une vie antérieure, elle avait été une respectée chamane Chinook. Elle en avait eu des preuves matérielles. Des indiens « le lui avait prouvé ». Jack en était plutôt impressionné.

Joyce tu es assez unique, il lui répétait. Tellement u-ni-que.

Au White Horse, un client se plaint d'un sénateur : ce milliardaire a interdit les combats de free fight (boxe et close combat en même temps). C'est pourtant la quête du guerrier ultime, dit l'homme. Une étudiante, à la table voisine, explique à trois filles attentives qu'elle aime créer sa propre ligne de vêtements : tu abandonnes tes habits, mettons une chemise et un jeans sur le toit de ton immeuble. Six mois, tu les laisses là. Soleil brûlant, pluie, neige. Puis tu les récupères. Résultat unique. Couleurs fabuleuses. Ou si tu veux aller + vite (elle fait le signe + avec ses deux index croisés), la chemise et le jeans : directement dans la machine à laver avec une poignée de clous. Normalement rien de déchiré mais des stries très intéressantes. D'autres clients parlent d'un voyage à Marquette (Michigan) où des amis d'amis d'amis ont une cabane de pêche sur le lac Supérieur à Big Bay. C'est l'endroit le plus perdu d'Amérique mais le plus universel de tout le continent. Un ponton, des poissons, des sapins à perte de vue, le gris carrosserie standard de pick-up des vagues du lac et, comme des petites détonations lointaines, le cri permanent des poules d'eau.

Jack se promet d'aller un peu hanter ce coin du Michigan, dès qu'il aura un peu de temps. Mort, il est encore plus occupé que de son vivant. Cette idée selon laquelle on se repose dans l'au-delà se révèle la pire des inexactitudes. N'importe quoi.

Le phare de Big Bay Point est un phare du lac Supérieur situé sur une hauteur près de Big Bay, dans le comté de Marquette, Michigan. Il se trouve à environ 39 km au nord-ouest de la petite ville de Marquette sur la péninsule supérieure du Michigan. Aujourd'hui c'est le seul phare opérationnel avec un bed and breakfast. Depuis les années 40, suite à un terrible naufrage non loin, il est réputé être hanté par une poignée de noyés (du coup, s'il se rend là-bas, Jack ne sera pas dépaysé. D'ailleurs pour tout dire il a lui-même un peu peur des fantômes. C'est que certains d'entre eux sont peu fréquentables. Vindicatifs et en colère, il vaut mieux ne pas croiser leur triste route). Ce phare est inscrit au registre national des lieux historiques depuis le 12 octobre 1988 sous le n° 880018371 au Michigan State Historic Preservation Office. La région est plutôt désertique, parcourue par quelques randonneurs, pêcheurs et spectres.

Le phare est une tour carrée en brique rouge de vingt mètres de haut, avec une galerie et une lanterne, attenante à une maison de gardien en brique rouge de deux étages. Le phare est non peint et la lanterne est blanche avec un toit rouge. Il émet, à une hauteur focale de 27 m, un éclat blanc de 0.4 seconde par période de 6 secondes. Sa portée est de 9.6 milles nautiques (environ 18 km). En hiver, personne ne visite ces rivages désolés. Les noyés sont seuls.

Au White Horse, quelqu'un lit un magazine évoquant *la question lancinante de l'accomplissement de soi*. On parle aussi d'un nouveau restaurant néo-zélandais à Harlem (Joyce Glassman pouvait arpenter toute une ville pour trouver une Pavlova. C'est le dessert national néo-zélandais. Il tient son nom d'une ballerine russe nommée Anna Pavlova. C'est une meringue, recouverte de crème chantilly et de fruits frais, plutôt des fraises ou des framboises). Jack s'est souvent dit que cette Joyce Glassman avait été une véritable inspiratrice pour lui. Elle comprenait la littérature comme elle respirait. Lire représentait beaucoup pour elle. Un besoin comme le boire et le manger. Des amis communs, rencontrés par hasard à la Nouvelle-Orléans, bien des années après la fin de l'histoire Jack-Joyce, ont racontés à Jack que Joyce avait ouvert une librairie-cantine dans l'extrême nord-est du pays, à Belfast (Maine), sur l'Atlantique. Cieux gris, mer houleuse, températures fraiches et longs mois de neige. Ce commerce marchait bien, Joyce Glassman vendait les derniers romans européens et, tandis que le mauvais temps noircissait les rues, cuisinait au feu de bois, de délicieux chaudrons de palourdes et les fameux rouleaux de homard servis sur du pain à hot dog grillé, citronné et beurré. Cette femme avait toujours rêvé de trouver son port d'attache.

C'était le cas semblait-il avec sa librairie-cantine de Belfast, Maine. Un endroit chauffé et plein de livres où se sentir à l'abri de la tempête, c'est ce qu'elle voulait. Elle disait : la couverture d'un livre c'est comme un toit. Tu peux t'y abriter et passer tout un hiver à tourner ces pages, chacune d'elles est une pièce nouvelle de la maison. Certaines pages sont des salles de bain pour se décrasser (et même se libérer) des poussières de la route, d'autres pages sont des cuisines où préparer un bon repas pour les tiens, d'autres sont des chambres où trouver enfin bien au chaud le repos auquel on aspire.

Joyce ? J'aimais ta façon de dire les choses murmure Jack avec émotion.

Elle se complaisait à être immobile derrière une fenêtre pour regarder tomber la neige (et pas cinq minutes mais bien plus longtemps), elle affectionnait de voir se lessiver les nuages semblables à un énorme panier de chiffons sales, c'était comme de regarder tourner la machine dans une laverie automatique. Elle adorait se réchauffer une après-midi entière en tricotant des écharpes en vraie laine au coin d'une vraie cheminée avec du vrai bois et de la vraie chaleur.

À ses côtés, la vie n'était ni compliquée ni cette habituelle enfilade de déceptions. Non, la vie était simplement la vie, du temps pour faire au mieux.

Elle avait aussi enseigné, s'était mariée un moment, avait publié des nouvelles remarquables de justesse et de subtilité, avait eu un fils devenu écrivain, avait chassé le barracuda dans le golfe de Guinée, avait parait-il rencontré Peter Pan en chair et en os, s'était baladée dans des cafés de nuit, avait appris la langue complexe et mélodieuse des renards du Wyoming (avec cette si singulière graphie en rosée du matin paraît-il). Jack était mort maintenant et il vivait son au-delà de fantôme un peu agité, hantant les bars et les salles de concert, voyageant dans les bus nocturnes reliant New-York à San Francisco, traînant dans des hôtels bon marché et dans les bureaux des éditeurs, lisant les nouveautés dans les librairies désertées vers minuit. En songeant souvent aux baisers au goût d'anis de Joyce Glassman.

Dans la chaleur du White Horse, tandis que tout le monde reprend une bière et qu'une odeur de fish and chips s'impose, Jack Kerouac mange un sandwich aux légumes rouges. Elle lui manque, Joyce. Sa voix, ses expressions fétiches (comme *pour de vrai* ou *mais pas que*), ses seins, son gros pull couleur crème acheté au Canada et porté souvent (elle était une frileuse qui adorait le froid).

Se revoir ?

Une vieille dame lit le journal devant un soda à l'inquiétante couleur verte fluo.. On y parle du philosophe André Gorz dans ce journal. Peu avant sa mort, il avait écrit en parlant de sa femme : *je porte en moi un vide débordant que ne comble que ton corps serré contre le mien*. Pour la première fois, Jack regrette de ne plus être en vie. Il désirerait aller goûter à la cuisine de Joyce Glassman, il lui achèterait des livres de poche, écouterait avec attention ses conseils de lecture, commanderait un repas dans sa librairie-cantine, lui ferait la cour, irait skier dans l'arrière-pays avec elle, lui scierait des bûches et préparerait du chocolat chaud à l'alcool de cerise, l'emmènerait sur la jetée voir la neige s'évanouir sans bruit dans les vagues tragiques.

Ces

Grosses

Vagues

Noires

Comme

Un

Dos   agité

De bête

Inconnue

Puis dans le début de tempête, ils s'embrasseraient et ce serait comme avant, comme d'être au coin du feu. Plus rien n'aurait d'importance. Ce serait comme avant, tellement tellement comme avant.

De vivre dans le Maine ou en Floride, d'être un vivant ou un fantôme, de croire en la littérature ou pas, ce serait sans importance. Car la seule chose qui compterait serait d'avoir été amoureux un jour de Joyce Glassman. C'est tout ce qui aurait compté, comptait aujourd'hui et compterait à coup sûr demain. Oui, avoir été amoureux de J.G.

Vraie biographie, fausse biographie, ce qui est arrivé, ce qui aurait pu se produire, c'est en définitive du pareil au même. Tout est comparable, semblable, uniforme, historique, plausible et incontrôlable. Préférable. Puis, au White Horse, le soir vient pour tout le monde et il est temps de prendre un verre, un vrai pas une de ces tisanes ou de ces eaux pétillantes aromatisées à la goyave ou au thé bancha. Un verre ou deux avant de rentrer chez soi. Le bar est emplit des vivants et des morts, bras dessus bras dessous. Les gens perdent leur regard dans le couchant, celui-ci est vu dans les yeux des autres. L'univers tout entier se reflète dans les yeux des gens si on regarde bien.

Bien difficile alors de séparer ceux de l'en-deçà et ceux de l'au-delà, même petite humanité en quête d'un abri, d'une cabane.

Un ciel rouge guerrier allume la forteresse des immeubles taciturnes. Des cascades de lumière débordent soudain d'un peu partout et la nuit laisse faire. Wououowououou font les innombrables voitures de police tandis que des éclairs jaunes vifs matérialisent le passage de taxis eux aussi spectraux. Dans l'un d'eux, lisant Guy de Maupassant avec respect, on pourrait remarquer Jack Kerouac, la tête emplie de projets de voyages et de livres, tirant des plans sur la comète pour partir camper dans les solitudes du Dakota du sud, pour ensuite se précipiter à Chihuahua (Mexique), dans le Maine près de Portland ou sur la lune vers la mer de la Tranquillité, n'importe où, du moment que ce soit pour retrouver une certaine Joyce Glassman, avec laquelle il voudrait à coup sûr se taire un moment en se tenant main dans la main.

Il projetterait ensuite d'écrire une nouvelle parlant d'elle et de ses pieds nus lorsqu'elle conduisait une auto *empruntée* pour aller Dieu sait où, *dans les galaxies* comme elle disait. Retrouver la timidité de cette femme et l'instant d'après son intrépidité.

Ne   Pas   S'être perdu de vue

Dans le saloon new-yorkais, les clients sont soudain tous des super-héros ordinaires, pas étonnant on est en Amérique. Jack apparait fugitivement une dernière fois dans le grand miroir. On dirait de la buée venant de la machine à café mais c'est bien lui. Garanti. Il murmure à qui veut l'entendre que nous vivons en ce moment-même un instant d'absolue vérité dans la plus réussie des illusions.

Puis il chantonne carrément le Cantique des Cantiques : *Je dors et mon cœur veille.*

Toutes ces paroles dans l'immensité électriquement brillante de la ville, mots petits cailloux pour retrouver son chemin entre le passé et le futur, dans la procession des années. N'importe quel écrivain le sait : une âme, c'est une cabane de forêt où s'enfermer pour écrire. Au White Horse, tandis qu'il fait nuit partout sur la terre, se plonger dans les lumineux abîmes de nos croyances de jeunesse.

(*S'enfermer dans une cabane et écrire,* 2008. Nouvelle publiée in *Histoires américaines*, Hispaniola Littératures, 2008 ; in *Repartir à zéro*, collectif, Totemik CrowFox, 2009 ; in *Boxer dans le vide*, anthologie 2005-2015 des nouvelles de l'auteur, Souffle court, 2017 ; in *Ce bon vieux Jack est de retour*, collectif 50ème anniversaire de la disparition de Jack Kerouac, Actes Rudes, 2019. Prix européen Darius Siam 2020 de la fiction biographique, académie royale des littératures Orélides, sous la présidence d'Elizabeth Costello, romancière)

Avec le soutien de Rose Evans, Olivier Millet (*Hispaniola Littératures*) / Ludmilla de Monfreid et Zoé Agbodrafo (*Totemik CrowFox*) / **Merci** à Joyce Glassman, Jack Kerouac, Elizabeth Costello, Darius Siam, Olivier Richet, Philippe Vieille, Rudy Ruden, Karma Ripui-Nissi, Maya Médicis, Karl Bilke, Pascal Parmentier, Fabrice Gallimardet, Noël Vermot-Desroches, Pr. Roland Dubur, Isabelle Gastard, Hawthorne Abendsen, Abdul al-Hazred, Daisy Beline, Jean Mintié, Judith Vinmer, Paul Sheldon, Pierre Ménard, Monique Mouffetard ; Marie Doré, Julia Woolf et Sébastien Breton (*Lapin à Métaux*) ; Astrid Laramie, Olivier Bastille de Gouges et Paul Astapovo (*Fondation Carlota Moonchou*) ; Bob Collodi et Maria Quiroga *(Académie royale des littératures Orélides)* ; Laurent Battistini, Piotr Bish et Aksana Lydia Oulitskaïa (*Neness Danger*) / **S'enfermer dans une cabane et écrire** / Éditrice : Rose Evans / Photographies de couverture : Olivier Richet / Mise en pages : Anastasia Tourgueniev et Zoé Agbodrafo (avec Béthanie Rib et Nina Nobel) / Dépôt légal mai 2021 / ISBN 9782322268641 / Imprimé en Allemagne / www.bod.fr / www. aubert2molay.vpweb.fr / © Ph.A2M, 2021 © Hispaniola Littératures, 2021 /

www. aubert2molay.vpweb.fr

du même auteur chez Hispaniola Littératures,
disponible en librairie et sur le site BoD www.bod.fr

Collection L'Inimaginée
(Littérature de l'imaginaire)
-PETIT TRAITE DE SORCELLERIE ET D'ECOLOGIE RADICALE DE COMBAT
-DOULEUR FANTÔME

Collection L'imaginable
(Littérature blanche)
-SAPIN PRESIDENT

Collection 1 nouvelle
-TOUTE PETITE FILLE DES DRAGONS
-SUPERETTE
-LA HAUTEUR
-LA MORT DE GREG NEWMAN
-DIX ANS AVANT LA NUIT
-SELON LA LEGENDE
-S'ENFERMER DANS UNE CABANE ET ECRIRE
-EN MARCHE
-LECON DE TENEBRES
-L'HIVER 1877 DE MISS EMILY DICKINSON
- LA ROUSSEUR DU RENARD
-TECHNIQUES DE VOL HUMAIN EN CIEL NOCTURNE
-LA FEE DES GRENIERS
-ROUTE DU GRAND CONTOUR
-LE DOCUMENT BK 31
-FANTÔMES D'ASTREINTE
-BRODERIES ET TRAVAUX D'AIGUILLES
-LA REPUBLIQUE ABSOLUE
-LA BONNE LONGUEUR DE MECHE
-MADRID, ETATS ZUNIS D'AMERIQUE
-INTERNITE
-PIC DE L'AIGLE ET BELVEDERE DES QUATRE LACS
-SUPER HEROS À TEMPS PARTIEL
-POUR UNE FOIS QU'IL NEIGE
-KANSAS ET ARKANSAS

Collection 1 nouvelle